나의 곳

저자 소개

이은숙

前 Native Design Studies 연구소장
前 이화여자대학교. 연세대학교 강사 역임

1984년 이화여자대학교 생활미술과 졸업
1984~1986년 (주)공간사 근무
1989년 이화여자대학교 대학원 생활미술과 석사
1996년 제1회 개인전(종로갤러리)
2002년 성균관대학교 대학원 유교철학과 유교철학 예악학 박사
2006년 제2회 개인전(인사갤러리)
2008년 제3회 개인전(목인갤러리)
2012년 제4회 개인전(경인미술관)

대표저서
『우리 정신, 우리 디자인』(안그라픽스)
『동물 친구들은 밤에 뭐해요』(마루벌)

나의 곳

꿈을 꾸면서 살다 보면
어느 순간 너무 힘들고 지쳐서
모든 것을 포기하고 싶어지는 순간이 온다.

고작 그 따위 꿈이 뭐라고,
평탄한 길 두고 이렇게 처절하게 살아야 하나.
하소연도 할 수 없다.
누가 시킨 일이 아니니까.

이 무거움 짐을 스윽 내려놓으면 바로 끝나는 일인데
그게 안 돼.

내가 인생을 바쳐 일구었던 모든 것들,
그리고 이루고 싶었던 나의 꿈.

2004년 11월, 모든 것이 무너져 내렸다.
나는… 뇌졸중으로 쓰러졌다.

1965. 봄 | 기억의 시작

누구나 인생의 첫 기억을 가지고 있다.

그것은 인상 깊은 어떠한 장면일 수도,
따뜻한 누군가의 목소리일 수도 있다.

1966. 가을 | 저 높이, 빛나는 별

무수한 별이 밤하늘을 수놓을 무렵, 아버지와 나.

마음껏 상상의 나래를 펼쳤다.
나의 눈은 그렇게 반짝였다.

아버지와 손을 잡고
국민학교에 처음 발을 내디뎠다.
이제는 의젓해야 할까?

운동장 화단에 핀 수국과
장미가 어렴풋이 생각난다.

1967. 여름 | 처음 학교

망망한 하늘.
아버지를 데려가고 있다.

나는 아버지를 잡기 위해
손을 내밀어 보았지만…
끝내 닿지 않았다.

1968. 겨울 | 아, 아, 아버지…

아버지는 아팠던 것 같다.

1968. 겨울 | 없다

돌아가셨다. 알 수 없다.

1968. 겨울 | 하얀 서울역

하얀 서울역.
온 가족이 다 함께 이사를 왔다.

1969. 봄 | 새로운 집

이제는 슬픔을 뒤로하고
새로운 삶을 살아야만 했다.

키가 작고 힘이 약해도,
지지 않겠다는 마음으로

열심히, 아주 열심히 달리면
나도 해낼 수 있다고 믿었다.

나는 결승선에 제일 먼저 도착했다.

1970. 봄 | 나의 결승선

1972. 겨울 | 각인

하얀 세상 이면에서 적적함과 고독함이 느껴졌다.

나는 홀로 서서 산꼭대기에 있는 언니, 오빠들을 봤다.

올라가고 싶지 않았다.

내 주위에 새하얀 백로들이 몰려왔다.
정말이지… 아름다운 광경이었다.

눈물이 났다.
아버지가 보고 싶다.

1973. 가을 │ 그리움, 그리움

그림을 그리는 순간만큼은
모든 것을 잊고
온전한 내가 될 수 있었다.

이 길에서 나는
아버지의 못다 한 꿈을 이루기로 했다.

1976. 봄 | 나의 조그만 종이세상

1980. 봄 | 만개

형형색색의 꽃들과 향기,
낭만적인 캠퍼스가 머리에 스친다.
그곳에서 나는 친구들과 즐겁게 웃고 있었다.

우리들의 젊음이 영원할 줄 알았던 나날들.

1981. 여름 | 이 사람

한 남자를 사랑하게 됐다.
깊은 바다로 데려가는 바람에
할 수 없이 꼭 껴안았다.

투박하지만 언제나 한결같은 사람.

나는 건축회사에 들어가 디자이너가 되었다.

이곳에서 경험을 쌓아

최고의 디자이너가 될 거라고 스스로 다짐했다.

아버지, 나 잘하고 있지?

1985. 여름 | 이제부턴 나의 무대

결혼을 하고 가정을 이루었다.

나는 이제 두 아이의 엄마가 되었다.

즐거워하는 남편과 아이들의 얼굴이 떠오른다.

1990. 봄 | 인생의 일

대학원을 마치고 강사 일을 시작했다.
육아와 일에 치여,
오가는 길에 쪽잠을 자면서 살았다.
고단하고 괴로웠던 기억이 스쳐 지나간다.

…내가 상상했던 삶이 아니었다.

1992. 여름 │ 흐린 날

2002. 여름 | 꿈을 위하여

대학원에 들어가 박사 공부를 시작했다.
디자인에 있어서 우리만의 정체성을 찾고 싶어졌다.

남의 것을 모방하는 것을 당연하게 여기는 당시 문화에
디자이너로서 자존심이 상했다.

2003. 봄 | 나 박사야!

박사학위를 취득했다.
물론 철학자가 되려던 건 아니고,
우리나라를 문화 강국으로 만들기 위함이다.

이제 내 꿈을 펼칠 시간이다!

…?

주마등이 지나갔다.

말이… 제대로 나오지 않는다.

오른쪽 팔다리가 움직이지 않는다.

오른쪽 눈이

…잘 보이지 않는다.

내 인생은 도대체 뭐였단 말이야.

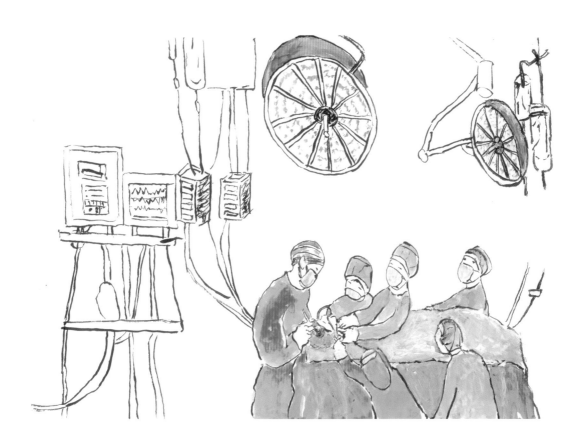

가나다라부터, 걸음마부터…
다시 시작해야 했다.
환자복을 입은 내 모습을 볼 때면
이따금씩 나도 모르게 눈물이 나왔다.

2004. 여름 | 다시 걸음마

2009. 여름 | 세상에 나왔다

재활운동 5년 차, 웅장한 로마 길거리.
드디어 난 누군가의 도움 없이 두 다리로 걸을 수 있게 됐다.

왼손으로 그린 그림으로 개인전을 열었다.
아프기 전까지 연구했던 모든 것을 담아 디자인서적을 출판했다.

마음속에서 희망이 솟아났다.
다시 강단에 서고야 말겠다.

말이… 어눌하다. 손발의 감각이 다시 이상해진다.
야속하게도 두 번째 뇌졸중이 나에게 찾아왔다.

2010. 봄 | …?

내 몸 상태는 원점으로 돌아갔다.

…난 무너졌다.

2011. 봄 | 나는 더 이상 앞으로 나아갈 힘이 없어요

아버지 생각이 많이 났다.

아버지, 나는 더 이상 앞으로 나아갈 힘이 없어요.

2019. 여름 | 나의 황혼

할머니가 됐다.
아들들은 모두 결혼해서 가정을 이뤘다.
어여쁜 손녀들도 생겼다.

아들들이 행복하게 지내는 것 같아 다행이다.

2019. 가을 | 폭죽놀이

작은오빠가 하늘로 갔다.
눈물이 오랫동안 멈추지 않았다.

나를 위해 가장 슬퍼해 주고 위로해 주던 나의 소중한 사람.
나중에 다시 만나.

강을 바라본다.

나는 아직도 인생이라는 커다란 강에서 헤엄치고 있다.

2022. 봄 | 나에게 남은 것

이제 나에게 남은 건 붓을 쥔 이 왼손뿐이다.

이 왼손으로 누군가에게 조금이나마 힘이 되어 줄 수 있다면 난 그것도 좋다.

2023. 여름 | 아직, 길 위에서

아직 나의 길은 끝나지 않았다…!

나의 어머니는 흔히 세상에서 말하던 위대한 모성애를 갖춘 어머니상은 아니었다. 기대고 싶은 마음 보다는 동경하는 마음이 더 컸던 어머니랄까. 내가 긍정적인 마음가짐을 갖고 자신감 있게 성장할 수 있었던 것은 이런 어머니의 모습이 내 무의식 속 자긍심으로 자리 잡았기 때문이었다.

그런 어머니가 뇌졸중이 와서 쓰러졌을 때, 나는 정신적으로 심하게 슬럼프가 왔다. 어머니가 그간 열심히 쌓아 왔던 것들이 한순간에 와르르 무너지는 것을 보고, 열정적으로 무언가를 하는 것이 참 부질없다는 생각을 했다.

하지만 절망적인 예상과는 달리, 퇴원 후 어머니는 불편한 몸에도 굴하지 않고 끊임없이 당신의 길을 개척해 나갔다. 어머니가 품고 있던 꿈의 무게는 그 어떤 역경과 장애물보다 무거웠다. 나는 비로소 내 생각이 틀렸다는 것을 알았다. 어머니의 열정은 스스로 살아갈 수 있고, 버틸 수 있고, 앞으로 나아 갈 수 있게 만드는 삶의 원동력이라는 것을 깨달았다.

나는 창업가로 살면서 힘들고 괴로운 순간을 맞닥뜨릴 때마다 반사적으로 어머니를 떠올린다. 내가 만난 역경은 어머니가 만났던 역경과는 도저히 비할 바가 못 되는 것이었다. 그래서 나는 앞으로 나아 갈 수 있다고 끊임없이 다짐한다.

어머니의 염원을 담아 이 그림책이 삶에 지친 누군가에게 조금이나마 힘이 되길 바란다. 괴롭고 힘든 순간에 내가 그랬던 것처럼, '디자이너 이은숙은 이렇게 사는구나~' 하고 힘을 냈으면 좋겠다.

- BAUMERO 대표 최승현

나의 곳

ⓒ 이은숙, 2023

초판 1쇄 발행 2023년 9월 26일

글 · 그림	이은숙
편집	정한빛, 최승현
펴낸이	이기봉
펴낸곳	도서출판 좋은땅
주소	서울특별시 마포구 양화로12길 26 지월드빌딩 (서교동 395-7)
전화	02)374-8616~7
팩스	02)374-8614
이메일	gworldbook@naver.com
홈페이지	www.g-world.co.kr

ISBN   979-11-388-2332-6 (03810)